相似的动物

[法]西尔维·贝德纳尔 著 [法]阿尼克·芒加尔 绘 侯瑞琴 译

中国友谊出版公司

图书在版编目（CIP）数据

相似的动物 / (法) 西尔维・贝德纳尔文 ; (法) 阿尼克・芒加尔图 ; 侯瑞琴译. -- 北京 : 中国友谊出版公司, 2021.1

ISBN 978-7-5057-5102-6

Ⅰ. ①相… Ⅱ. ①西… ②阿… ③侯… Ⅲ. ①儿童故事—图画故事—法国—现代 Ⅳ. ①I565.85

中国版本图书馆CIP数据核字(2021)第015654号

著作权合同登记号：图字01-2020-7399

书　　名 **相似的动物**
作　　者 ［法］西尔维·贝德纳尔
绘　　者 ［法］阿尼克·芒加尔
译　　者 侯瑞琴
出版统筹 吴兴元
责任编辑 周亚灵
营销推广 ONEBOOK
装帧制造 墨白空间・闫献龙
出版发行 中国友谊出版公司
北京市朝阳区西坝河南里 17 号楼
邮编 100028 电话（010）64678009
经　　销 新华书店
印　　刷 天津图文方嘉印刷有限公司
规　　格 889 × 1194 毫米　16 开
3.5 印张　80 千字
版　　次 2021 年 5 月第 1 版
印　　次 2021 年 5 月第 1 次印刷
书　　号 ISBN 978-7-5057-5102-6
定　　价 38.00 元

官方微博　@浪花朵朵童书
读者服务　reader@hinabook.com 188-1142-1266
投稿服务　onebook@hinabook.com 133-6631-2326
直销服务　buy@hinabook.com 133-6657-3072

目 录

雕鸮不是灰林鸮，

刀嘴海雀也不是企鹅！

如何区分蜜蜂与胡蜂、鸵鸟与鸸鹋、章鱼与鱿鱼、郊狼与豺狼呢?

我们常常觉得某些动物彼此酷似，以致难以分辨。有一些之间区别还算明显，另一些的差异却在难以发现的细微之处。

那么，是哪些细微之处呢?

一起来揭示假象吧！把它们两两对比，稍加观察，发现各自的显著特征，就能区分了。再也不要张冠李戴，把蟾蜍叫作青蛙了，好歹对物种有点起码的尊重嘛！

本书中的25对动物将会带您体验一次真正的野生动物世界之旅。

实际上，在我们印象中很接近的一些动物可能天各一方，从不相遇……

接下来，祝您旅途愉快！不要再混淆它们了！

纲：鸟纲
目：鸵鸟目
科：鸵鸟科

体重：90~150千克
身高：1.75~2.75米
寿命：约60年

鸵鸟还是

体形

鸵鸟比鸸鹋高，身体庞大健壮。

羽毛

凭借其羽毛，我们可以准确无误地辨认出雄性鸵鸟。它身披蓬松、黑亮的羽毛，尾巴及翅尾羽毛为白色。求偶时，看上去像一个穿着芭蕾短裙的舞者！雌鸟个头较小，全身羽毛多为浅褐色，尾巴及翅膀末端羽毛为白色。

世界上最大的蛋

雄鸟会在地上挖数个浅坑，以便雌鸟将卵产入其中。鸵鸟的卵是世界上现存最大的鸟蛋，每枚可重达2千克，相当于40枚鸡蛋的重量。

还有呢

鸵鸟常常会为了吞食沙砾或小石子而趴下，将长长的脖子贴伏在地面上。鸵鸟的这种本能行为，却被人类衍生了“鸵鸟心态”这一说法，意为：因软弱而对危险视而不见或拒绝直面现实。其实鸵鸟可一点都不软弱哟！

生活区域

现仅存于非洲，所以又被称为非洲鸵鸟。不过，鸵鸟最初也在南欧、中国生活过。

腿

鸵鸟拥有一双光滑的大长腿，呈粉色或泛蓝色。这双腿强劲有力，适应快速奔跑。腿末端为灵活的二趾，不同于鸸鹋的三趾。

开饭啦！

鸵鸟为找寻食物而四处奔走，通常会出没在热带稀树草原、平原及草地这样的干旱地带。它们吃各类植物，不过有时也会以小型爬行动物为食。

还有呢

鸵鸟比鸸鹋跑得快。它也是世界上奔跑速度最快的鸟，速度可达70千米/时。

鸸鹋（érmiáo）？

纲：鸟纲

目：鹤鸵目

科：鸸鹋科

体重：30~45千克

身高：1.5~1.85米

寿命：30~50年

体 形

鸸鹋身形与鸵鸟相近，但较小，不过依然接近2米。它是世界上第二大的鸟类，羽毛蓬松，蓬毛比雄性鸵鸟少，看起来更像雌性鸵鸟。

这两种平胸鸟类的第一大区别就是：鸵鸟生活在非洲，鸸鹋生活在澳大利亚。

生活区域

鸸鹋仅生活在澳大利亚！为了寻找食物，它们被迫四处迁移，常穿梭在开阔的树林、干旱的草地和宽广的沙漠里。如果食物充足，鸸鹋也可长期定居。

羽 毛

棕灰色的羽毛使鸸鹋能够融合在澳大利亚干旱的地表景观中。与鸵鸟的羽毛不同，它的羽毛赋予它奔跑中柔软飘逸的“秀发”。鸸鹋翅膀就藏在这羽毛之下，几乎不可见。

平胸总目

包括非洲的鸵鸟、澳大利亚的鸸鹋、热带雨林的鹤鸵、新西兰的几维鸟、南美洲的美洲鸵鸟等几大家族，其成员拥有强健有力的腿，擅长奔跑，但翅膀退化，不适合飞行。它们都是不会飞的鸟。

腿

与鸵鸟不同，鸸鹋肌肉发达的大腿上覆有羽毛。腿部皮肤为灰色，末端有三趾，其中一趾带有锋利的爪子。当心被踢！

开饭啦！

粮食、水果、柔软的根茎、花朵是鸸鹋的日常食物。但是作为一种杂食动物，它也会捕捉蚂蚱、瓢虫、毛毛虫和蚂蚁来改善伙食。

刺猬还是

纲：哺乳纲
目：猬形目
科：猬科

体重：450~700克
体长：13~30厘米
寿命：约7年

这两种分属不同科的哺乳动物
有一个共同点：
带刺，而且十分扎人！

体形

刺猬身材比豪猪更圆更小，看起来攻击性也小。

开饭啦！

刺猬吃吗吗香，蜗牛、青蛙、蟾蜍、蛇、鸟蛋、动物尸体、蘑菇、草、根茎、浆果、笋瓜，等等，什么都吃，胃口真是太好了！

生活区域

刺猬生活在欧洲、亚洲和非洲的某些地区。夜幕降临时，我们甚至可以在自家花园里瞥见它的身影。

没教养的吃客！

刺猬吃起东西来跟猪一样，动静很大，在地面上寻找食物的时候，也总是一副躁动不安的样子，又是低声呼噜，又是粗暴扬土，又是把树叶扒拉得哗啦作响，还用鼻子嗅来嗅去。

头

刺猬的头小小的，吻部细长，看起来更像鼩鼱（qújīng）的头，而不像豪猪的。豪猪的头更肥更圆。

棘刺

刺猬背部密布棘刺，但比豪猪的棘刺短得多，没那么扎眼，数量也相对较少，不过仍有5000～7000根！刺猬大约每18个月换刺一次。

腿

刺猬腿短，五趾均长有爪子，不怎么擅长爬树。不过它倒是可以越过路上的矮墙，而且一晚上能行走近3千米。

还有呢

遇到危险时，刺猬会把身体卷成球形，仅将棘刺暴露在外面。
只可惜，一旦在公路上，面对行驶的车辆，这一策略丝毫不顶用。

豪猪？

体 形

豪猪虽然比它的刺猬伙伴更高，腿更长，尾巴也更长，身手却要笨拙不少。因种类差异以及棘刺形状，豪猪的形态也各有差异。

棘 刺

豪猪的棘刺混杂在毛发间，其中一些棘刺长达30厘米，可转动方向，而刺猬的棘刺连3厘米都不到。某些豪猪尾巴上的棘刺可颤动，发出铃铛般的响声，用以吓退潜在的敌害。

开饭啦！

豪猪非常喜欢吃植物。有些豪猪只吃根茎、鳞茎、水果及树皮，另外一些则偶尔也会以动物死尸为食。

纲：哺乳纲

目：啮齿目

科：豪猪科

体重：5~7千克

体长：54~84厘米

寿命：约7年

不可不知

豪猪科豪猪通常为地栖性，如苏门答腊豪猪、南非豪猪，不过也有例外，如长尾豪猪就擅长爬树；美洲豪猪科豪猪则为树栖性，会爬树，如巴西树豪猪。

头

刺猬的头小巧玲珑，豪猪的头则又圆又胖，吻部扁平。

还有呢

啊哟！受到威胁时，豪猪会倒退着攻击敌人，直到刺中目标。它的棘刺末端尖利，刺上生有倒钩，可插入敌人的皮肤。

生活区域

豪猪居住在欧洲、非洲和亚洲的热带和亚热带森林、草原中。有些种类还身形轻巧，善于爬树。

龙虾还是

亚门：甲壳亚门
纲：软甲纲
目：十足目
科：龙虾科

体重：150~5000克
体长：15~40厘米
寿命：20多年

细究起来，这两种甲壳动物一点都不像：一个群居，一个则离群索居。

迁移

与独居的螯虾相反，龙虾是群居生活的。有时，它们会50多只集结成群，通过触须彼此联系，并首尾相连，排成一字形迁移。

体形

龙虾没有螯虾那么肥胖、光滑。龙虾的名字源自拉丁语“locusta”，意为蚂蚱，因此有时龙虾也被戏称为“海蚂蚱”。

头

龙虾头部覆盖有坚硬的棘以及尖利的刺，两只小角凸出，使它看起来貌似恶魔。螯虾则恰恰相反，它的头部没有这些崎岖不平的凸起。

触须

龙虾有一对比身体还长的感觉触须，起探触作用，能帮助它辨别方向、避开天敌。

螯

尽管大家都说龙虾没有螯，但雌性还是有的——在最后一对足的末端，有一对小得可怜的钳子。

颜色

龙虾因种类不同而色彩纷呈，这让我们大饱眼福！有的是红色、橘色间夹杂着黑白相间的条纹；有的是豆黄色、黑色、粉色的结合；还有的是蓝色和青绿色的混合色。龙虾可比螯虾耀眼多了。

开饭啦！

龙虾不同于螯虾，它没有可用来捕获、切割猎物的大钳子，只能以战斗力弱的猎物为食。软体动物、小型甲壳动物、海星甚至藻类都是它的佳肴，但它却很少吃鱼。

还有呢

依据大小不同，雌性龙虾产卵量从13000～14000颗不等！龙虾有60余种，人们给它们起了各种滑稽有趣的名字：魔鬼龙虾、阿拉伯神鞭龙虾，还有叉子龙虾等。

海螯（áo）虾？

亚门：甲壳亚门
纲：软甲纲
目：十足目
科：海螯虾科
体重：700~19000克
体长：23~125厘米
寿命：可达100年以上

体形

因为有螯，海螯虾的体形明显比龙虾魁梧很多，体重自然也比它重好多！

开饭啦！

与龙虾不同，海螯虾是个捕食者。毙命于它螯下的无脊椎动物有：甲壳动物（它爱吃螃蟹）、贝类、海星，还有鱼类和海胆！有时它也吃点海藻。

颜色

海螯虾浑身蓝色或橄榄绿色，带有大理石状的斑纹，凭这点就能把它和绚丽的龙虾区分开来。

头

海螯虾的头部光滑，如同中世纪骑士的头盔，与龙虾棘刺丛生的头部形成鲜明对比。

软甲纲

软甲纲有4万多种，小到不足1毫米，大到如甘氏巨足蟹，双螯展开宽达3.8米。这类无脊椎动物几乎全部水生，统治着水生动物界的半壁江山。

触须

海螯虾有3对触须，但是比龙虾的触须要小得多。

螯

海螯虾第一对腹足呈不对称螯状：扁一些末端尖细的叫剪切螯，上面有许多尖尖的齿状物；另一只壮实得多的叫粉碎螯（又称“榔头螯”），上面只有几根粗粗的锯齿，这些齿状物不仅钝而且不规则。它们真是各具特色、各有专长啊！

还有呢

海螯虾以岩石缝隙为家，同时也是个孜孜不倦的“挖掘工”。它擅挖掘，会在泥沙中挖出巷道交织的洞穴，在此静待夜晚，开始工作。

纲：鸟纲
目：鸮形目
科：鸱（chī）鸮科
属：林鸮属

体重：45~600克
体长：20~50厘米
寿命：15~20年
叫声：或似哨声，或“呜——呜”声，或响亮的“呼——呼”声

鸱鸮科

鸱鸮科鸟类全世界共有近200种。该科鸟类所包含的猛禽多昼伏夜出，它们爪子锋利强健，喙粗壮、呈钩形。其典型特征为：头大，眼睛位于面盘正中，飞行时悄然无声。

灰林鸮（xiāo）

飞行

夜空中，飞行时的灰林鸮灵敏又安静，这得益于异常柔软的绒羽，使它能静音飞行。

体形

尽管灰林鸮与雕鸮的外形看似毫无二致、极易混淆，但要区分它们还是相当容易的！雕鸮的头两侧有一对被称作耳羽簇的羽毛，灰林鸮的头圆圆的，没有耳羽簇，这也是区分灰林鸮和雕鸮的关键。另外灰林鸮个头比雕鸮小。

生活习性

尽管灰林鸮是一种夜行性动物，一般在夜间捕食小型啮齿动物和蟾蜍，但它也会在白天出行，这一点与雕鸮恰恰相反。

开饭啦！

小型鸮类主要以昆虫（如蝗虫）、小型哺乳动物（如田鼠）、爬行动物（如蜥蜴）和两栖动物为食。实力更强的灰林鸮则捕食较为肥胖的啮齿动物，并将它们囫囵吞下。

还有呢

没有耳羽簇的鸮类中，最为人熟知的有灰林鸮、纵纹腹小鸮，以及分布在北美的雪鸮——冬日里，它的羽色洁白如雪。

还是雕鸮？

体 形

雕鸮看起来可没灰林鸮那么友好！它头的两侧竖着两簇耳羽，给人一种格外严肃的感觉，也让我们更容易辨认它。也许你以为这是一对竖起的耳朵，不过事实并非如此。

这两种猛禽都是夜行动物。它们的叫声能穿透夜空，直到半夜……

纲：鸟纲
目：鸮形目
科：鸱鸮科
属：雕鸮属
体重：400~3000克
体长：50~90厘米
寿命：20~30年
叫声：含糊的“呜”声或低沉的“呜——呼”声

开饭啦！

雕鸮的食物广泛，而且哪怕个头比它还大的动物它都能吃！它的盘中餐有蜣螂、蜥蜴、田鼠、家鼠、野兔、刺猬，甚至蛇。

还有呢

雕鸮和灰林鸮都喜欢在夜幕降临后捕猎。它们是优秀的猎手，静音飞行让猎物根本听不到它们的声音。

飞 行

雕鸮与灰林鸮一样迅速，区别仅在于：振翅起飞时，它因体重而略显迟缓。

生活习性

与灰林鸮不同，雕鸮绝不会在白天捕猎。白天它会蜷缩在树洞里，等待夜晚来临。

还有呢

雕鸮的羽毛通常会与雕所栖息的树干和谐地融合，我们称之为拟态。也正因如此，白天很难发现它们。

亚洲象还是

纲：哺乳纲
目：长鼻目
科：象科
属：亚洲象属

体重：2.5~5吨
肩高：2~3.5米
寿命：约70年
叫声：仰鼻长啸

体形

亚洲象比非洲象小，它的背部是隆起的。

头

亚洲象额头上有两个凸起，它的同类非洲象却只有一个。雌性亚洲象没有象牙或象牙不突出于唇外，甚至有些雄性也没有象牙。

耳朵

亚洲象的耳朵较小，小到盖不住肩膀。

还有呢

亚洲象是猛犸象（已灭绝）现存的最近亲属。

象鼻

亚洲象的象鼻近乎平滑，非洲象的象鼻上则有粗糙的环纹。

亚洲象前足上有5个趾甲

生活区域

这种亚洲大型哺乳动物以亚洲南部和东南部的茂密森林为家。在非洲大草原上是看不到它们的。

非洲象？

纲：哺乳纲
目：长鼻目
科：象科
属：非洲象属

体重：3~7吨
肩高：3~4米
寿命：50~80年
叫声：仰鼻长啸

体形

它们的大小差异显著！非洲象比它的亚洲同伴大得多。它的背下陷，看起来不像亚洲象那样弯腰驼背。

这两种大型陆生哺乳动物的差别可不仅仅是在耳朵的大小上。

耳朵

非洲象的耳朵要大得多，能盖住肩膀。

头

它的额头上只有一个凸起，在正中，并且相对扁平。

还有呢

可恶的盗猎者所觊觎的象牙是大象的上门齿，其长度可达2.5米，重可达100千克。非洲象无论雌雄都有象牙。

象鼻

与亚洲象较平滑的象鼻不同，非洲象的象鼻满是横向环纹，象鼻末端有两个鼻突，而亚洲象仅有一个。

非洲象的象鼻有两个鼻突（亚洲象的鼻子也有肉突，不过只在上部。非洲象鼻子上下都有。另外，法语中也管这个突起叫“doigt”，即手指，汉语也译作指状突的。——译者注）

生活区域

非洲象只生活在非洲的大草原上和森林里，以及撒哈拉南部的半沙漠地区，所以在亚洲是看不到野生非洲象的。

猎豹还是

纲：哺乳纲
科：猫科
属：猎豹属

体重：35~72千克
体长：1.1~1.5米
寿命：约15年
叫声：叫声软萌

不可不知

猎豹作为除猫以外唯一易驯化的猫科动物而为人熟知。公元前3000年，这种猫科动物就已陪伴苏美尔猎人打猎了。之后，法国国王、英国国王甚至俄国沙皇，都曾驯养猎豹以供围猎之用。

头

猎豹的脸上有两条明显的黑色条纹，从眼角延伸到嘴角，看上去略显忧伤，因此人们又称这两条黑色条纹为“泪痕”。

体形

相比金钱豹，猎豹身材苗条、体态轻盈。拱起的背和细长的腿也使它有别于金钱豹。

生活区域

猎豹生活在非洲和中东。时至今日，野生猎豹仅在非洲东部大草原和南部的热带草原上可见，之前它也曾频繁出没在整个非洲以及亚洲……

还有呢

猎豹是哺乳动物中速度最快的，全速奔驰速度近100千米/时。同时它也是加速度最快的，只需3秒，速度就能达到75千米/时！

皮毛

与金钱豹不同，猎豹的豹纹是黑色的实心斑点，尾巴末端有黑色环纹。

在所有大型猫科动物中，猎豹是唯一一个爪子不能缩回肉垫中的。四条大长腿能让它的视线越过热带大草原的茫茫草丛，看得更远

还有呢

因生理结构不同，猎豹不能像金钱豹那样咆哮，这也是区分它们的一种办法。

开饭啦！

猎豹享用猎物时通常会避开其他动物，不过仍可能会被狮子或鬣（liè）狗抢走食物。羚羊、高角羚和幼年牛羚都是它猎食的对象。

金钱豹？

体形

这是只像极了家猫的大个子猫科动物。它体形相当修长，不过不像猎豹那么瘦削。金钱豹虽然腿不长，个头却比猎豹高。

吼吼吼……
多亏喉咙里那块特殊的骨头，金钱豹能咆哮，猎豹则不会。

纲：哺乳纲
科：猫科
属：豹属

体重：37~90千克
体长：1.3~1.9米
寿命：约12年
叫声：会喵喵叫，也会咆哮

生活区域

金钱豹不仅适应居住在热带大草原、半干旱地带，也适应非洲以及亚洲的森林、山地环境。它既耐热也耐冷，某些种类生活在高山地区，如雪豹。

头

金钱豹的头比猎豹的头大，没有“泪痕”，因此看起来就阳光一些。不过可要小心它强劲有力的上下颌，还有那并不温驯的性格哟。

非洲豹

开饭啦！

猎豹仅在地面进食，金钱豹则爬到树上用餐！这样就不会被打扰了。它能把重达150千克的猎物拖到树上。

还有呢

金钱豹与花豹有什么区别吗？毫无差别！仅仅是同一种动物的不同称谓罢了。

黑豹

由于一种叫作黑化病的基因异常现象，黑豹的棕色或黑色色素多于其他色素，因而体色近乎全黑。

皮毛

与猎豹的单色豹纹不同，金钱豹毛色为漂亮的浅黄褐色，上有星星点点的双色斑纹，形状似玫瑰花，又有点像古代的铜钱，所以被称为“金钱豹”。

纲：两栖纲
目：无尾目
科：蛙科

体重：30~150克
体长：4~15厘米
寿命：约10年
叫声：“哇哇”叫，而不是类似乌鸦的那种“呱呱”声

两栖类，还是两生类？

它们是同一个意思，指的都是水陆双栖的脊椎动物。两栖类不耐寒冷，低于零下2℃，就要冬眠了，幼体叫蝌蚪。

青蛙还是

大家是不是都曾把它们当成过一家子，以为只是雌性和雄性的区别？它们看起来还挺像，但其实也没那么像啦……

体形

青蛙更加苗条纤细，也比蟾蜍好看。

皮肤

青蛙皮肤光滑，湿润而发亮，体色取决于种类。全世界有1800多种蛙科类动物，绿色的欧洲水蛙可能最为人熟知，不过其实还有红色、黄色、蓝色的青蛙，有些甚至色彩斑斓。

开饭啦！

青蛙白天通常一动不动，尤其是阳光强烈的时候。它夜间捕食，最爱的食物是飞行中的昆虫。

生活区域

这两种两栖动物的一大差别就是：青蛙生活在水边、水里，而蟾蜍仅会为了繁殖、产卵来到泥沼地带。这两种两栖动物单次产卵都可达5000个。

腿

青蛙的后肢长且肌肉发达，因此擅长跳跃，可以更好地躲避敌害。它能跳50多厘米高。足有蹼，游泳能力强。

蟾蜍？

纲：两栖纲
目：无尾目
科：蟾蜍科

体重：30~3000克
体长：1.5~35厘米
寿命：15~20年
叫声：嘶哑的“哇哇”声

体形

蟾蜍又矮又壮，胖嘟嘟的，长相丑陋，在中世纪的欧洲还被视为不祥的动物呢！

开饭啦！

蟾蜍用黏黏的舌头抓捕爱吃的昆虫和小动物（蛞蝓、毛虫、潮虫等等）。因为没有牙齿，它用上颚压碎猎物。

皮肤

青蛙皮肤光滑，而蟾蜍的皮肤则粗厚、干燥，同时也耐脱水（缺水）、耐创伤。此外，它的皮肤上密布着充满毒液的突瘤，这可是让某些捕食者始料不及的秘密武器！人们常用“瘤包”“脓包”来形容蟾蜍的突瘤。

生活区域

与青蛙不同，蟾蜍生活在森林、草原中，冬季也会为躲避寒冷或恶劣气候而寄居在花园中。它用后肢挖出深达50多厘米的坑，把自己埋在坑里长达两个月，期间仅靠储存在体内的肝糖维持生命。

腿

因为没有青蛙那样的长腿，蟾蜍不擅长远跳，它只能爬行或小步跳。

还有呢

产婆蟾（盘舌蟾科）中，将卵背在背上的是雄性，这个两栖动物可是个超级奶爸呢！

单峰驼

纲：哺乳纲
目：偶蹄目
科：骆驼科

体重：300~700千克
肩高：1.7~2.3米
寿命：约30年
叫声：低沉，似“哞哞”，又似“呼噜”声

大家都知道，
区别骆驼的时候，
需要数驼峰的数量，
不过它们的差别不仅如此哟！

体形

单峰驼仅有一个驼峰，驼峰顶部高度可达2.4米。同时它身形也更苗条，腿更细长。因为它善于奔跑，在某些国家人们还会组织单峰驼奔跑大赛。

体色

单峰驼体色为浅褐色，类似浅色沙子，可以反射阳光的热量。要在酷热的沙漠中生存，这点可是很实用的。

皮毛

单峰驼的毛短且厚实，皮毛色浅。正因如此，它既能忍耐酷热，也能抵御夜晚的寒气。

不可不知

虽然我们还能在澳大利亚找到野生状态的单峰驼，但其实单峰驼很早就被人类完全驯化，这些“野生单峰驼”是19世纪被引入澳大利亚，用于运输和耕作的，后来被主人抛弃，在当地存活下来。目前，大概有上百万头“野生单峰驼”生活在澳大利亚的荒漠中。

还有呢

这两种骆驼能在几分钟内喝掉200升水，之后可以持续3周不喝水。

生活区域

它生活在非洲北部、中东，直至印度西北部酷热的沙漠地带。但绝对不会像双峰驼那样，生活在中亚地区的寒冷地带。

还是双峰驼？

纲：哺乳纲

目：偶蹄目

科：骆驼科

体重：400~1000千克

肩高：1.8~2米

寿命：约30年

叫声：低沉，似“哞哞”，又似“呼噜”声

体形

双峰驼比单峰驼略矮一些，但是躯体更庞大，不过它与单峰近亲的最大区别当然还是背上的两个驼峰。

皮毛

这种骆驼可以生活在冬季气温降至零下35℃、夏季气温高达零上35℃的地区。为了能够适应寒冷和酷热，它的毛很长，皮毛偏褐色。冬季毛会加稠变密，夏季则会脱毛，脱毛时剥落的皮会成块地耷拉在身体两侧……

骆驼科

骆驼科包含了那些起源于热带地区、无角、不具有犬齿、足宽大、足有两个粗大趾头（蹄）的反刍类哺乳动物。知道吗？羊驼、小羊驼、原驼也属于骆驼科呢！

体色

体色也可用于区分双峰驼与单峰驼，它们的体色明显不同，双峰驼为暗棕色。

还有呢

这两种骆驼的驼峰里装的是什么呢？与我们想象的不同，它们的驼峰里装的并不是水，而是贮存能量的脂肪。

生活区域

双峰驼起源于中亚地区，常见于蒙古国和中国。因此，在它的近亲单峰驼生活的撒哈拉沙漠，绝无可能见到它俩同行。

美洲鬣蜥

纲：爬行纲

科：美洲鬣蜥科

体重：2~11千克

体长：30~200厘米

寿命：10~15年

不可不知

绿鬣蜥是美洲鬣蜥科中最常见的种类。它体长2米，是植食性蜥蜴中最长的。不过比起巨蜥科中的肉食性蜥蜴科莫多巨蜥，它还是小多了。世上最大的科莫多巨蜥比它体长多出1米，体重多出100多千克。

体形

美洲鬣蜥身上通常覆有齿状鳞片，脊背、尾巴上有棘刺，比起攻击性看似相对不那么强的巨蜥，它们看起来武装得更到位……不过切莫大意，对巨蜥也不能轻敌。

舌头

美洲鬣蜥的舌头扁平，无分叉，没有舌鞘，不能像巨蜥那样把舌头缩回鞘内。

头

一些美洲鬣蜥下巴上挂着肉垂。遇到敌人时，它会将肉垂鼓成气囊，用以吓退敌人；某些种类的美洲鬣蜥还有可鼓胀的喉部。

开饭啦！

大部分美洲鬣蜥是食草、吃水果的。虽不爱吃肉，但对小昆虫倒也来者不拒！

生活区域

美洲鬣蜥大部分具有树栖性，且主要生活在美洲。我们能在美国炎热地区的水流附近、海边以及安的列斯群岛、中美洲、南美洲发现它们。

尾巴

美洲鬣蜥的尾巴又细又长，上面经常还有小小的棘刺。

还有呢

在厄瓜多尔的加拉帕戈斯群岛上，生活着世界上唯一的一种海生蜥蜴——加拉帕戈斯海鬣蜥。为了寻找钟爱的食物——藻类，它能在水下待20多分钟。

还是巨蜥？

这些蜥蜴活像是从史前时代走出来的，身上还披着怪里怪气的铠甲……

纲：爬行纲
科：巨蜥科

体重：0.6~100千克
体长：20~300厘米
寿命：10~15年

体形

因为脖子比美洲鬣蜥的长，巨蜥看起来更细长。它的脊背上和尾巴上没有棘刺。巨蜥通常体形较大。

生活区域

美洲鬣蜥仅在美洲较热的区域生活；而同样喜好高温的巨蜥则生活在南亚荒芜的原野、河岸、海岸，新几内亚，印度尼西亚的某些岛屿，澳大利亚北部，以及非洲，在欧洲和美洲可找不到它们。

科莫多巨蜥

科莫多巨蜥（也叫科莫多龙）的唾液有毒，因此它咬到猎物后，无须长达数小时的搏斗就将猎物撂倒，静待中毒的猎物咽气，就可以享用美食了。

头

巨蜥的头通常为三角形，下巴上没有肉垂。不过它脖子处的皮肤很松弛，容易扩展，便于吞咽猎物。

舌头

与美洲鬣蜥不同，巨蜥的舌头分叉，而且可以缩回舌鞘中。与美洲鬣蜥相同的是，它的舌头是嗅觉器官，有些巨蜥甚至能够嗅到1千米以外动物尸体的气味。

开饭啦！

与美洲鬣蜥不同，巨蜥不吃植物，而是以各种动物为食。大名鼎鼎的科莫多巨蜥（生活在印度尼西亚）可以在短时间内吃下一头鹿或者水牛。它不仅吃肉，而且还会将猎物的皮毛、骨头一股脑吞下。

红嘴鸥

纲：鸟纲
目：鸥形目
科：鸥科
种：红嘴鸥种

体重：200~400克
体长：35~43厘米
寿命：可达30年
叫声：类似笑声

这两种大家熟知的海鸟之间，
区别主要在于大小！

体形

这两种蹼足鸟类很难区分。唯一能将两种鸟区分开来的是红嘴鸥看上去个头更小。

繁殖期的红嘴鸥头上装
点着褐色或黑色的头罩

还有呢

小鸥是鸥科中最小的一种海鸥，体长仅25厘米，体重仅90克。而体形最大的海鸥是大黑背鸥，体长80厘米，体重2千克！

头

在繁殖期，红嘴鸥头部的羽毛会改变颜色，形成褐色或黑色的顶冠。

足

红嘴鸥的足色泽艳丽，呈红色；而银鸥的足则呈粉色。

还有呢

鸥科中还有一些海鸥会死皮赖脸地吃白食——骚扰别的鸟类，偷取它们的食物，是十足的寄生虫。

开饭啦！

这两种鸟食性基本相同。它们吃鱼、贝类、海边和陆地上的无脊椎动物，或者是跟在捕鱼归来的渔船后面获取渔夫抛弃的食物残渣。不过它们也会扒拉垃圾堆，吃起那些不登大雅之堂的食物来也是津津有味。

还是银鸥？

体形

这种翅膀偏白的蹼足鸟类与红嘴鸥外形相似，不过个头可要大得多。

头

银鸥的头部通常为白色。

喙

银鸥的喙比红嘴鸥的强劲，看起来略带钩形——上喙略朝下喙弯曲，形成较小的角度。

开饭啦！

虽然银鸥爱吃动物腐尸，但也会吃鱼、贝类及一些无脊椎动物。银鸥进食的时候聪明得很：它们会从空中抛下贝类，使其撞到地上摔碎。这样不必花费力气打开贝壳，它就能吃上美味佳肴了。

足

银鸥的足通常为粉色，而红嘴鸥的为红色。

纲：鸟纲
目：鸥形目
科：鸥科
种：银鸥种

体重：750~2000克
体长：55~80厘米
寿命：20~30年
叫声：类似哭声或嘲笑声

还有呢

幼年银鸥毛色较杂，混合了灰色、白色和栗色，需等到4岁以后才能披上父母亲身上那样漂亮的羽毛。

还有呢

海鸥是鸥科鸟类的通称，该科包含50多种大小各异的海鸥。虽然这一科中的某些成员生活在热带海滨，但海鸥还是在北半球更常见。

纲：爬行纲
目：鳄目
科：鳄科

体重：0.4~1吨
体长：4~7米
寿命：70~100年
叫声：似哀鸣，或者似婴儿啼哭

鳄科鳄鱼还是

鳄鱼的眼泪

大家都说鳄鱼时常“流眼泪”，不过这不是鳄鱼悲痛，而是为了排出体内多余的盐分。

生活区域

同所有的鳄目动物一样，鳄科鳄鱼生活在湿热的热带和亚热带地区。它遍布非洲、亚洲、美洲以及澳大利亚，栖息在池塘、沼泽、泥地、湖泊或者河流中。

体 形

鳄科鳄鱼比短吻鳄体形大、重。我们也可根据头部形状的不同，将它们区分开来。此外，鳄科鳄鱼的尾巴更长，侧面更加扁平。

头

从上面看，鳄科鳄鱼头部更小，略呈三角形，甚至呈V形。

开饭啦！

虽然鳄科鳄鱼最常吃的是鱼类、鸟类和青蛙，但是瘤牛、斑马、长颈鹿等大型哺乳动物也是它食物来源的一部分。它会将猎物溺入水中杀死，然后囫囵吞枣式一口咽下。如果猎物体积太过庞大，它会将猎物藏在水底，等猎物分解后再食用。

鳄目

鳄目包含了24种大型水陆两栖的肉食爬行动物，其下包含：鳄科、凯门鳄属所在的短吻鳄科，以及吻部狭窄的长吻鳄科（或称食鱼鳄科）。

还有呢

鳄科鳄鱼是个真正的猎手，当它感受到威胁时，会立刻发起进攻，这与温驯、倾向于采取逃跑策略的短吻鳄正好相反。

牙 齿

鳄科鳄鱼闭上嘴时，上颌牙齿外露，并且下颌两侧的第4颗牙齿也会露出来，而它的近亲短吻鳄却不会露出下颌牙齿来。

皮 肤

鳄科鳄鱼的皮肤简直就是个护甲！它的角质鳞片很厚，明显凸起，我们称之为鳞甲。鳞甲纵向排成脊，一直延伸到尾巴末端。

短吻鳄？

纲：爬行纲

目：鳄目

科：短吻鳄科

体重：250~450千克

体长：1~5米

寿命：50~70年

叫声：似婴儿啼哭

体形

仅有的两种短吻鳄都比鳄科鳄鱼体形小，不过它们的尾巴更宽。

在24种鳄目爬行动物中，仅有2种属于短吻鳄科！

头

短吻鳄的头比鳄科鳄鱼的头更短更宽。此外，它的吻部呈U形，而鳄科鳄鱼的则呈V形。

生活区域

短吻鳄并不生活在非洲，而是生活在美国、中美洲以及中国。它喜欢懒洋洋地待在河水或沼泽中。美国佛罗里达州南部是唯一一处鳄科鳄鱼与短吻鳄并存的地点。

牙齿

与鳄科鳄鱼不同，短吻鳄嘴巴紧闭时，下颌并无牙齿露出，仅有上颌的牙齿可见。

开饭啦！

因为体形较小，短吻鳄不可能像鳄科鳄鱼那样去攻击斑马，好在它也爱吃青蛙、鱼以及小型哺乳动物。

皮肤

短吻鳄的皮肤也很厚且覆盖鳞片，但不如颚科鳄鱼的鳞甲厚实坚硬。

不可不知

鳄科鳄鱼在水中总是迅猛且极具攻击性，短吻鳄却慢慢悠悠，甚至身手笨拙！这是因为它没有长尾巴可以推动身体灵活地前进。鳄科鳄鱼在陆地上也很灵活：它短途行进的速度可达18千米/时。

胡狼还是

纲：哺乳纲

科：犬科

体重：7~15千克

体长：80~110厘米

寿命：约14年

叫声：或如狐狸尖叫，或如犬吠

各住各家！
这两种外形酷似的犬科动物从不相遇。

体形

胡狼一般比郊狼小，个头在狐狸和狼之间，它看起来更像狐狸。

毛

根据种类不同，胡狼的毛色有红褐色、黄色和灰色，身体覆盖有暗色短毛，有的身体两侧有白色条纹。以黑背胡狼为例，它背部的毛色黑白混杂。

生活区域

与它的近亲郊狼不同，胡狼生活在好几个大陆上。它频繁出没于非洲、南亚的热带草原及荒漠地带。这种食肉动物的领地甚至延伸到欧洲：在希腊、匈牙利、克罗地亚、斯洛文尼亚乃至奥地利，人们都曾见过胡狼。

阿努比斯

阿努比斯是古埃及人所敬畏的死神，其形象即为胡狼或者狼首人身。

还有呢

在俗语中，胡狼指代那些狡猾的人或“机会主义分子”。

生活习性

胡狼以小群体生活在开放的热带草原及荒漠地带。跟狼一样，它们有臣服、恫吓等肢体语言，遵从严格的等级制。

开饭啦！

胡狼捕食鸟类、哺乳动物和爬行动物，有时会吃水果，在挨饿的时候它还会吃动物腐尸。它也会出现在村庄外围，在附近翻垃圾桶找食物。

郊狼？

体形

即使在身体健康的情况下，郊狼也比它的主要敌手——狼更瘦、更弱小。不过总的来说，它还是比胡狼大。

毛

郊狼（有时被称作草原狼）与胡狼的毛色不同，它的毛略显灰色，又厚又漂亮。

开饭啦！

郊狼主要食肉，偶尔吃动物腐尸，不过它的食性较杂，也爱吃野果。它最爱的佳肴有美洲黄鼠、兔子、蛇、鱼，有时甚至会捕食幼年马鹿。

生活习性

郊狼独自或成对狩猎，而不像胡狼一样群居。除春季繁殖期外，极少能见到成群的郊狼。

生活区域

生活区域不同是两种犬科动物的一大区别。郊狼仅生活在美洲，分布从美国阿拉斯加到中美洲，而胡狼则出没在好几块大陆上，但美洲除外。

纲：哺乳纲
科：犬科

体重：10~20千克
体长：75~100厘米
寿命：约14年
叫声：尖叫、嘶叫，或如犬吠

不可不知

郊狼适应环境的能力极强，它甚至可在工业区、市区、郊区安家落户。生活在芝加哥的郊狼约有上千只，人们甚至曾在位于纽约市中心的中央公园捕到过它。

狼语

郊狼比较聒噪，它会嘶叫、尖叫、呻吟，也会用肢体“说话”。为了能被听懂，它想出了各种办法。它会翘起嘴唇，垂下或卷起尾巴，耷拉或竖起耳朵，以及竖起毛发来表达情绪。

还有呢

郊狼身材苗条，肌肉发达，腿又细又长，擅长奔跑。它助跑约300米，速度就可达到60千米/时。

蜜蜂还是

纲：昆虫纲

科：蜜蜂科

体重：90~250毫克

体长：1~3厘米

寿命：1~5个月

（蜂后可活3~5年）

声音：振翅时发出

“轰轰”或“嗡嗡”声

蜜蜂科

蜜蜂科包含甚广，下含多个亚科。那些产蜜的昆虫如蜜蜂和熊蜂都属于蜜蜂科。

住所

人工养殖的蜜蜂当然是住在蜂房里，野生的蜜蜂则是住在蜂巢里的。所谓的蜂巢，对某些蜜蜂来说是掘土挖坑，对另外一些来说有蜗牛的空壳就够了！

蜜蜂可不会腰细如胡蜂，恰恰相反。

体形

蜜蜂身材比胡蜂粗壮、多毛，看上去胖乎乎的。

颜色

蜜蜂通常有浅褐色和棕色交错排列的条纹，不过也有例外，比如艳斑蜂，与胡蜂几乎难以分辨！

开饭啦！

蜜蜂以花朵的花蜜为食，胡蜂则不然。记住啦，产蜂胶和蜂蜜的是蜜蜂！

蜜蜂从花朵上采集花粉，将它们收集在小篮子——花粉筐里（蜜蜂后足胫节外侧末端有一凹陷，凹陷两边有两列直而结实的细毛，这就是花粉筐。——编注）

还有呢

全世界共有超过2万种蜜蜂！其中最小的体长仅有1厘米，名叫小蜜蜂（拉丁名：Apis florea）。已知体形最大的蜜蜂是黑大蜜蜂（拉丁名：Apis laboriosa），每巢可产蜂蜜60千克！

针

蜜蜂一生只能蜇一次人！它的刺针有倒钩，是腹部的一部分。蜇人后，蜜蜂的刺针会留在被刺者肉中，拔出时，其腹部的一部分也会被带出，从而导致蜜蜂的死亡。不过需要知道的是，蜜蜂只会在受到攻击时蜇人！

胡蜂？

纲：昆虫纲
科：胡蜂科

体重：70~150毫克
体长：1~4厘米
寿命：约2个月
（蜂后可活4~5年）
声音：振翅时发出
“轰轰”或“嗡嗡”声

体形

与蜜蜂不同，胡蜂的腹部光滑，喉部轻微有毛。因为它体形修长而产生了一种惯用表达：腰细如蜂。

刺针

胡蜂仅雌性腹部末端有能伸缩的刺针，而且它的刺针没有倒钩，可多次蜇人。

开饭啦！

胡蜂是杂食性昆虫，它贪恋各种熟透的果子、昆虫甚至蜂蜜，就是不采食花蜜！当你在室外的阳光下进餐时，有可能碰到胡蜂偷你盘子里的碎肉去喂幼虫哟！

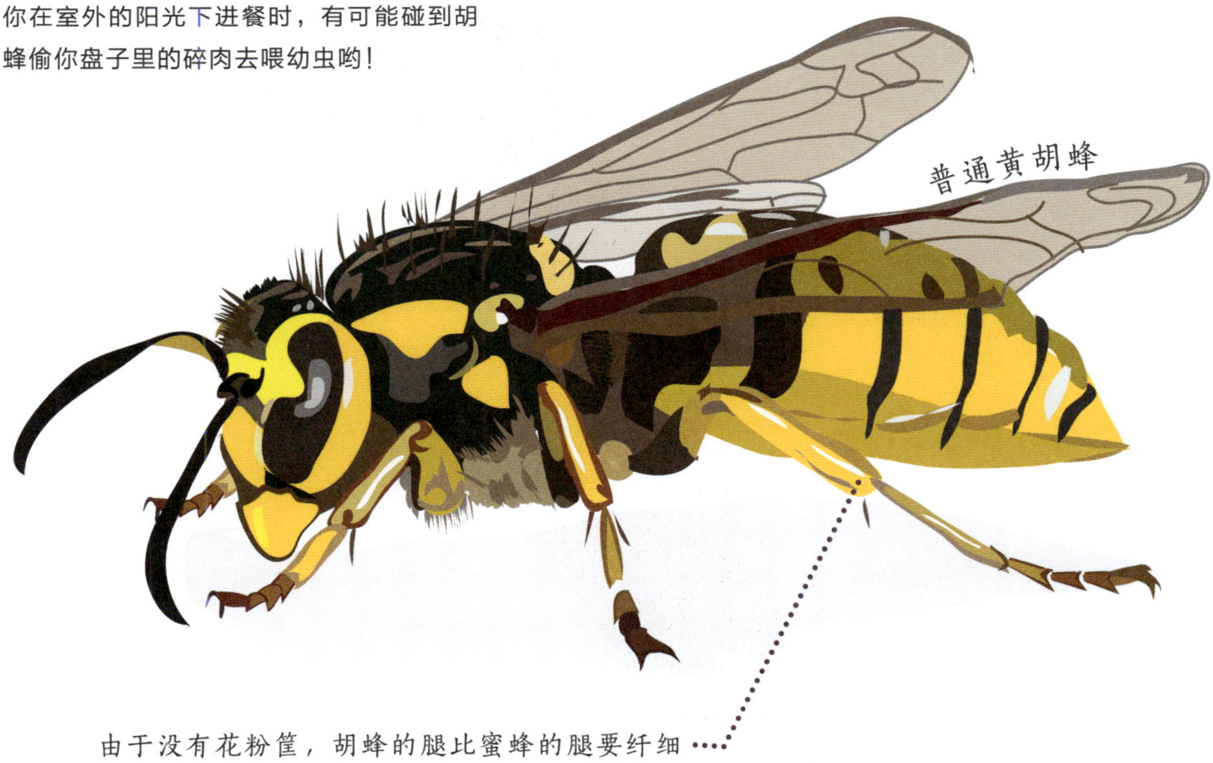

颜色

胡蜂有鲜明的黑黄交错的条纹，蜜蜂体色则较暗，因此二者易于区分。胡蜂身上这些亮丽的色彩是警戒色，负责警示潜在的捕食者：我可不是什么美味佳肴。

住所

胡蜂的住处叫胡蜂巢。对这些擅长基建的昆虫来说，随时随地都可建巢：废弃的洞穴、灌木丛、阁楼，甚至信箱都可以。自然条件下，胡蜂会将唾液混合木屑、锯末等制成一种糊状黏合物，用来建造胡蜂巢。

刀嘴海雀

纲：鸟纲

目：鸻形目

科：海雀科

体重：500~600克

体长：40厘米左右

寿命：约15年

叫声：有时似猪或驴发出的声音

海雀科

海雀是身体肥胖、尾巴短小的海鸟，它们在水下借助翅膀推动前行。

刀嘴海雀会而企鹅不会的本领是什么？

飞行！

飞 行

这两种水鸟间的一大区别就是：刀嘴海雀会飞，而企鹅不会飞。

体 形

这两种鸟确实都笔直挺拔，看上去像穿着黑礼服、白衬衫！不过刀嘴海雀个头更小，而且肥嘟嘟的。靠近点观察，我们还能发现它的喙末端微带弯钩。

颜 色

刀嘴海雀背部为黑色，腹部为白色，翅膀上贯穿着一条细细的白色条纹，另有一条从喙延伸到眼睛。

刀嘴海雀的翅膀形如马刀，作用如桨，可在水下推动前进

生活区域

刀嘴海雀主要生活在大西洋最北部的陆地沿岸，比如法国布列塔尼、冰岛、北美和俄罗斯沿岸。

还有呢

刀嘴海雀的近亲有北极海鹦（它的喙很漂亮，上有橙色及黑色条纹）、扁嘴海雀以及侏海雀。

还是企鹅？

体形

企鹅体形比刀嘴海雀大得多，虽然在陆地上行走时略显笨拙，但看起来也总是美美的。不过一旦到了水下，它可是个名副其实的游泳冠军呢！体形最大的企鹅要属帝企鹅。它身高可达1.3米，体重可达40多千克。

翅膀

企鹅的翅膀退化，形成强健有力的鳍状肢，它能让企鹅在水下快速游泳。泳速最快的要数巴布亚企鹅，速度可达36千米/时！

生活区域

与刀嘴海雀不同，企鹅仅生活在南半球较冷地带。它们分布在南极洲、新西兰、澳大利亚南部、南美洲以及非洲南部。唯一例外的是加拉帕戈斯企鹅，它生活在厄瓜多尔附近，是唯一生活在赤道附近的企鹅！

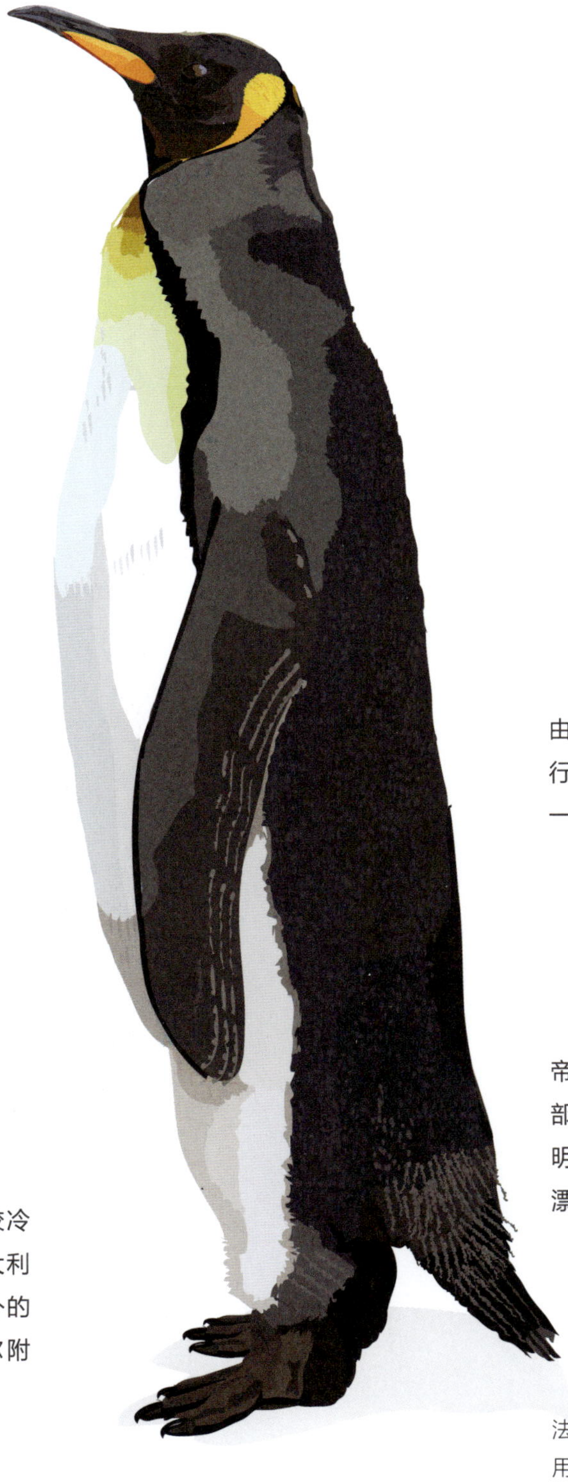

纲：鸟纲
目：企鹅目
科：企鹅科

体重：1~40千克
体长：35~130厘米
寿命：15~20年
叫声：或似驴叫声，或咯咯声

企鹅科

该科海鸟仅生活在南半球，其下成员包括企鹅、冠企鹅等。

飞行

由于翅膀极度退化，企鹅无法飞行。此外，它的体重也是飞行的一大阻碍。

颜色

帝企鹅的背部及头部为黑色，腹部白色，胸部上方佩戴着高雅的明黄色“胸章”，耳朵处有两条漂亮的橘色条纹。

还有呢

法语中有句俗语“不像企鹅那样”，用来形容那些双手灵巧的人。

野兔

纲：哺乳纲
科：兔科
属：野兔属

体重：2.5~7千克
体长：48~76厘米
寿命：约10年
叫声：会尖叫，也会似婴儿啼叫

兔科

该科动物的特点是：耳朵长，后腿长且强劲有力，牙齿持续生长，长着夜行动物的大眼睛。该科包含近4000种野兔和穴兔。因为能够适应吃那些有韧性且难咀嚼的植物，兔科动物几乎征服了世界的各个角落。

耳朵

穴兔和野兔都有长长的大耳朵，耳朵都敏感且能转动。不过相较之下，野兔的耳朵更大！稍有风吹草动，野兔就会躲藏起来。

体形

一般来说野兔都更大、更瘦长、更轻盈，总之就是比穴兔“更有体育生特质”。

生活区域

这两种兔科动物的一大区别就是：野兔独居，穴兔群居。野兔没有兔穴，而是在简陋的窝或者干脆在地面上休息、育儿。野兔起源于亚洲大草原，现分布在地球的各个角落。

腿

野兔遭遇天敌时会撒腿逃跑。一旦嗅到危险，它那肌肉发达的后腿能让它全速奔跑。欧洲野兔的奔跑速度可达80千米/时。它同时也是花式跳跃冠军，能够一跃2米高，一跳3米远。

兔崽

穴兔宝宝出生时全身裸露无毛，野兔宝宝则比穴兔宝宝发育成熟，它们一出生全身就长满毛，出生不久就会自己进食。

还有呢

野兔“看书”吗？野兔的法语名字居然跟书有关。这是因为在法语中“野兔看书”是指它们在交配。

还是穴兔？

遇到危险时，野兔会撒腿就跑，穴兔则会躲进窝里。

纲：哺乳纲
科：兔科
属：穴兔属

体重：约1.3~3千克
体长：23~55厘米
寿命：8~12年
叫声：会尖叫或吱吱叫

体形

穴兔更矮壮肥胖，腿没有野兔的那么长。它的尾巴更短，看上去像个小鬃鬃。

耳朵

穴兔的耳朵没有野兔的那么大，不过它同样拥有极好的听力。

腿

穴兔的腿无论长度还是力量都逊于野兔，奔跑速度自然也慢。遇到危险时，它不会满地逃窜，而是用脚掌拍击地面，向其他同伴预警，并尽快逃往错综复杂的地下通道。

还有呢

穴兔可没有灭绝之忧！它们的繁殖速度十分快。19世纪它们被引入澳大利亚供狩猎之用，因为没有天敌，这些适应力极好的兔子破坏草场，最终变成了祸害。

生活区域

穴兔是群居动物，它们在地下打洞挖穴，这也是穴兔名字的由来。同野兔一样，穴兔也生活在开放空间，如草原上，甚至沙漠里。它几乎征服了地球的各个大陆，南极洲除外，另外它也不喜欢赤道地区。

啮齿类动物？

这两种食草动物虽然和啮齿类动物一样拥有持续生长的牙齿，需要通过不断咬东西磨牙，但它们并不属于啮齿类动物，而是兔形类动物。它们有4颗上门齿，而啮齿类动物如老鼠和松鼠却只有2颗。

金雕还是

纲：鸟纲
科：鹰科
属：真雕属
体重：2~6.5千克
体长：42~105厘米
翼展：1.15~2.4米
寿命：30~35年
叫声：厉声尖叫

鹰科

该科鸟类除南极洲外，遍布世界各地，其下集中了很多猛禽，如：雕、鸢、角雕、雀鹰、鵟（kuáng）及兀鹫。

还有呢

金雕的眼睛比人类的敏锐8倍，因此它是令猎物胆战心惊的捕食者。

飞行

翱翔天际的金雕总让人印象深刻，它能够高速急转弯，骤然俯冲扑向地面猎物，也可以在高速飞行时扑向猎物。俯冲时，它的速度可达320千米/时。

体形

金雕岿然而立，自信挺拔，兀鹫则略显佝偻。

头

相比食腐的兀鹫，金雕的头部覆盖羽毛，也更加壮实。此外，金雕目光如炬。

金雕是全世界体形最大的鹰科动物之一

喙

金雕的喙弯曲，基部有一层蜡膜；它的喙强劲、锋利，因此可以将猎物切割成小块，方便进食。

脖子

金雕的脖子相对短很多，而且覆盖羽毛。

腿

金雕的爪子极其强劲锋利，并且可以抓握猎物，兀鹫的则不可以。

开饭啦！

金雕只吃自己刚刚杀死的猎物。它的猎物种类繁多，鱼、兔子、土拨鼠、蛇、幼年袋鼠、蜥蜴等都是它爱吃的美食。其他雕类，如生活在拉丁美洲的角雕，还有生活在菲律宾的食猿雕，甚至会捕食猴子和小型鹿科动物。

兀鹫？

尽管都是捕食性鸟类，
且在分类上归属同一个科，
但它们一个是独步天下的猎手，
另一个则只吃腐尸烂肉。

纲：鸟纲
科：鹰科
属：兀鹫属

体重：6~12千克
体长：80~150厘米
翼展：1.5~3米
寿命：25~30年
叫声：尖锐

体 形

兀鹫外表并不美观，它的头总缩在肩膀间，看上去弯腰驼背的。尽管外形并不讨喜，但在古时候有些人群把兀鹫视为圣鸟。

头

兀鹫的头部常常裸露无毛，仅披着一层薄薄的绒羽。

脖 子

根据种类不同，兀鹫的脖子要么光滑无毛，要么只有一层薄薄的绒羽。如此就可以在不弄脏身体的前提下，在腐尸的体腔内翻来扒去了。

飞 行

飞行中的兀鹫同金雕一样庄严肃穆。为了寻找腐尸，兀鹫可借助上升热气流在空中盘旋，持续翱翔数小时。

开饭啦！

兀鹫是食腐动物，它们吃动物死尸、各类残渣……它们用强劲有力的喙切分动物尸体，是切割专家。

还有呢

在一些热带国家，兀鹫享有“大自然的清道夫”这一美名。它们可在尸体腐烂之前将其消灭，在人类和动物的健康方面发挥着有益的作用。

腿

兀鹫的爪子比金雕的小，指头也没那么有力，所以不具备抓握能力（用指头抓紧、握住猎物的能力）。

捕鸟蛛还是

纲：蛛形纲
科：捕鸟蛛科

体重：30~150克
体长：1~10厘米
加上腿足有30厘米
寿命：5~10年

蛛形纲

同蜘蛛一样，蝎子、螨虫、蜱虫也都是蛛形纲的成员。它们之间有什么共同之处呢？很简单：8条腿，身体分成两部分；此外，通常都有叫作螯肢的有毒器官。

因为人们常常误将欧洲狼蛛叫作捕鸟蛛，导致二者含糊难分！不过，事实上……

毒液

捕鸟蛛借助位于口附近的螯肢注射毒液。大部分蛛形纲动物的毒液都不足以对人类的生命构成威胁。其实不管是欧洲狼蛛还是捕鸟蛛，它们都不蜇人，而是咬人！

体形

捕鸟蛛身体相对硕大，腿也粗壮。

生活区域

欧洲狼蛛仅生活在欧洲南部，捕鸟蛛则遍布各大陆，有数百种之多。个头硕大的捕鸟蛛种类通常生活在热带国家，比如墨西哥红膝鸟蛛。

开饭啦！

捕鸟蛛跟欧洲狼蛛一样，是食肉的。它是令人发怵的捕食者，动用体力（而非毒液）制服猎物：小如昆虫，大如蜥蜴、青蛙、鸟，最大的猎物还有老鼠！

毛

捕鸟蛛身上多毛，如墨西哥红膝鸟蛛，毛特别发达，一直覆盖到腿末端！看上去与几乎无毛的欧洲狼蛛完全不同！遇到捕食者时，它会抬起后腿揉搓腹部，将有刺激性的细毛像炸弹一样射向敌人，将敌人吓退。

还有呢

蜘蛛恐惧症是最常见的一种恐惧症，人们害怕的通常不仅是捕鸟蛛或欧洲狼蛛，而是所有的蜘蛛。

欧洲狼蛛？

纲：蛛形纲

科：狼蛛科

体重：约60克

体长：1.8~3厘米

寿命：3~10年

体形

欧洲狼蛛个头相对略小，它也没有捕鸟蛛那么多毛。

眼睛

欧洲狼蛛有后列眼睛，捕鸟蛛则没有。

毒液

与长久以来人们的错误认识相反，欧洲狼蛛的叮咬对人类是不会造成严重后果的。不过与捕鸟蛛一样，它的毒液对那些小猎物来说可是致命的。

生活区域

与捕鸟蛛不同，欧洲狼蛛仅生活在欧洲南部，直至土耳其。

身体

欧洲狼蛛的头胸部（身体前部）拱起，通常比捕鸟蛛的更圆。

开饭啦！

欧洲狼蛛的体长不会超出3厘米。它更偏向于捕食带翅膀的昆虫，比如蟋蟀和蟑螂，根本无法与某些能够吞食老鼠的捕鸟蛛相比！

塔兰托舞

欧洲狼蛛主要分布在欧洲南部，包括意大利的塔兰托，当地人认为欧洲狼蛛的叮咬会使人痉挛，只有疯狂跳舞、大汗淋漓才能排出毒素，得以治愈，塔兰托舞由此而来。欧洲狼蛛在当地被称为“塔兰托毒蛛”。

还有呢

为什么人们总把欧洲狼蛛和捕鸟蛛混为一谈呢？因为欧洲殖民者来到美洲大陆时，发现了与欧洲狼蛛外形相似，但个头更大、体毛更多的蜘蛛，便也称之为“塔兰托毒蛛”。然而，最终这种蜘蛛被证明归属另一个科——捕鸟蛛科。

蝉还是

纲：昆虫纲
目：半翅目
科：蝉科

体长：1.3~5厘米
寿命：2~6周
叫声：或如钹声，或似“知——了”声

鸣唱

同蟋蟀一样，蝉也是雄性会鸣唱。不过与蟋蟀不同，雄蝉有专门的发声器官，位于腹部，名叫鼓室（类似乐器）。要知道雌蝉也是有发声器官的，只是发育不全，因而不能鸣唱。

体形

由于翅膀细长，蝉看上去比蟋蟀苗条。

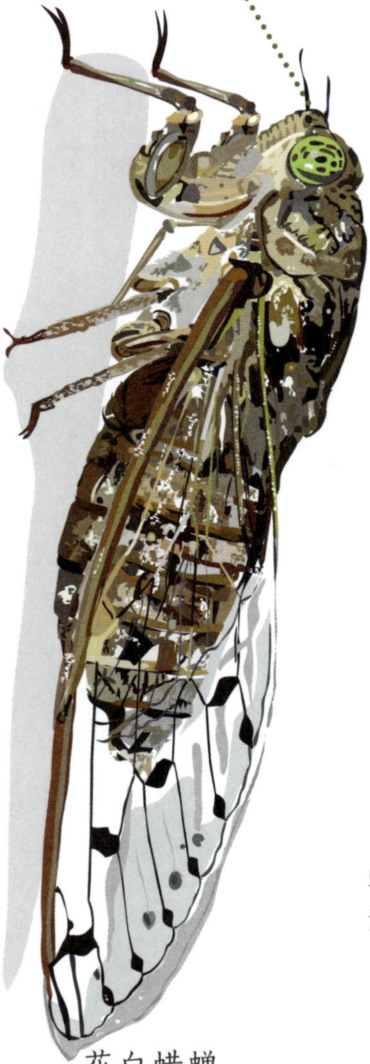

花白蜡蝉

（中国暂时没有昆虫学家给出译名，因这种蝉在花白蜡树上产卵，暂定译名如此。——译者注）

头

蝉的头又大又短，蟋蟀的头则是圆的。蝉除2只复眼外，还有3只假眼（单眼）。与蟋蟀的触角相比，蝉的触角非常短小。

还有呢

非洲蝉是世界上最聒噪的昆虫，叫声可达106分贝（声音强度单位），吵闹程度不亚于割草机。

翅膀

多亏它那覆瓦状、因种类不同而色彩各异的透明翅膀，我们可以毫不费力地将蝉和蟋蟀区分开来。蟋蟀的翅膀与体色相同，因为太短小，根本不能用来飞行。

生活区域

这种聒噪的昆虫在地下以若虫形态度过生命的大部分时期：通常长达10个月，某些种类甚至可达10年！它破土而出，就是为了产卵、繁殖。蝉从地下破土而出，由若虫蜕皮变成成虫后，只能存活2~6周。

开饭啦！

蝉栖息在树上，以树干或树枝的汁液为食，而蟋蟀则生活在地面上。

还有呢

蝉擅长伪装，它的体色与环境极其相似。有人靠近时，它会静止不动，与树皮完美地融为一体。

蟋蟀？

纲：昆虫纲
目：直翅目
科：蟋蟀科

体长：3~6厘米
寿命：约1年
叫声：或似钹声，或嘶嘶叫

这两种昆虫属于不同的科，都会为了吸引雌性一展演奏才华。

体形

蟋蟀体形肥硕、矮壮。它的触角细长，我们也可以依此轻易地将它与蝉区分开来。

头

蟋蟀科昆虫的头部近乎球状。

开饭啦！

蝉以树木的汁液为食，蟋蟀则是杂食动物：各种植物和小昆虫都是它爱吃的食物。

鸣唱

同蝉一样，蟋蟀中也只有雄性是歌王，它的叫声可传出50米远！与蝉不同的是，蟋蟀鸣唱靠的是两片翅膜（硬硬的前翅）的摩擦来发声。

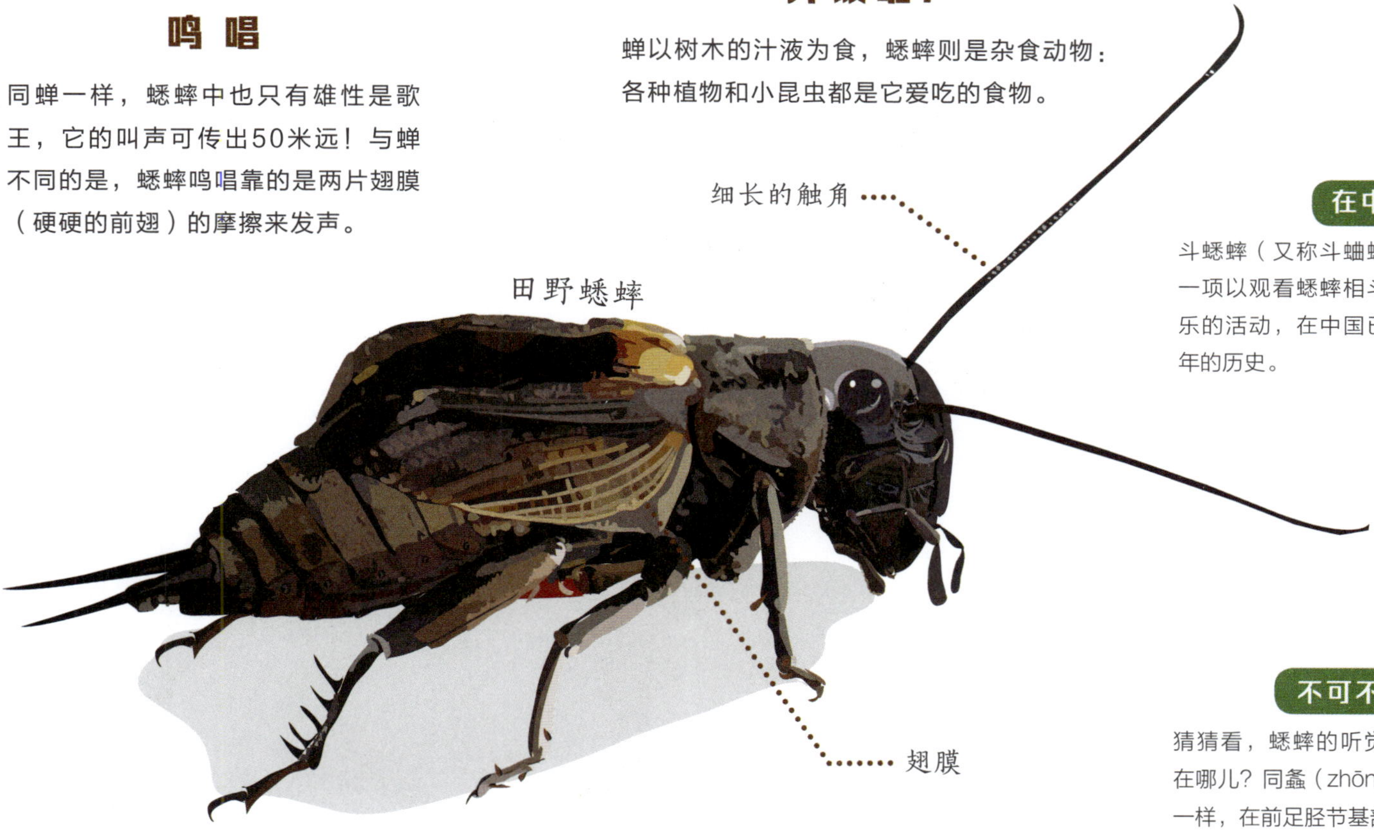

田野蟋蟀

在中国

斗蟋蟀（又称斗蛐蛐）是一项以观看蟋蟀相斗而取乐的活动，在中国已有千年的历史。

不可不知

猜猜看，蟋蟀的听觉器官在哪儿？同螽（zhōng）斯一样，在前足胫节基部。

生活区域

与生活在高处的蝉不同，蟋蟀因种类而异，或是生活在地上（隐藏在石块中），或是挖掘深达30厘米的洞穴居住。

翅膀

蝉可以飞行，而大部分蟋蟀都不会飞。它们的前翅又硬又耐磨，不适合飞行，我们将其称之为翅膜，它们的主要作用是演奏！

驯鹿

纲：哺乳纲

科：鹿科

属：驯鹿属

体重：120~250千克

体长：2.2米左右

肩高：1.1米左右

寿命：12~15年

叫声：驯鹿的叫声用“呦呦鹿鸣”来形容

鹿科动物是哺乳动物中唯一长角的类群。它们的角上覆盖着柔软的茸毛。

鹿角

驯鹿是鹿科动物中唯一雌雄都长角的，角的大小与体形成正比，平均可高达1.3米，重将近7千克。通常来说，雌驯鹿的角比雄驯鹿的角大很多。

体形

因为脖子更短，鹿角更大，雌驯鹿看起来有点比例失调，不如雄驯鹿优雅。不过我们依然爱它们，毕竟它们是圣诞老人的“车夫”嘛！

生活区域

驯鹿是一种只爱寒冷地带的鹿科动物，甚至也爱环北极地区。如美国、拉普兰及亚洲北部。而马鹿则选择居住在温带或热带地区。

驯鹿的迁徙

在北美，为了躲避炎热的夏日，驯鹿会以惊人的规模集结成群，去往美洲大陆更冷的地带。它们一去就是近3000千米，冬天之前还要原路返回。这是动物世界中路途最遥远的陆地迁徙。

驯鹿的脚长宽几乎等同，因此能够保证在雪地上行走时不会陷得太深

还有呢 驯鹿是拉普兰（位于芬兰最北部）的象征。在这儿，时常能见到它们在城中心穿梭。所以，想去圣诞老人之国拜访的朋友们，要注意行车安全哟！

还有呢 驯鹿和北美驯鹿有什么不同吗？没有。不过是在欧洲被叫作驯鹿，在北美洲被叫作北美驯鹿罢了。

开饭啦！

驯鹿吃草和嫩枝叶等，也吃那些营养丰富的地衣。地衣在体内发酵时产生的热量可让它度过漫长的寒冬。

还是马鹿？

体形

马鹿有好几个种，其中我们最为熟悉的是欧洲马鹿。作为一种吃草的反刍动物，马鹿身强体壮，腿又细又长，角硕大壮美，看起来有种贵族气质。相比驯鹿，它的身材要匀称很多。

鹿角

与驯鹿不同的是，马鹿仅雄性长角。鹿角的大小用以向同类宣示社会等级，在发情期，鹿角还是恐吓对手的武器。

纲：哺乳纲
科：鹿科
属：鹿属

体重：80~180千克
体长：1.5~2米
肩高：1.6米
寿命：8~12年
叫声：马鹿会“呜呜”或“呦呦”叫

鹿科

全世界共有45种鹿科动物。其中最小的是普度鹿，它肩高只有40厘米左右，体重仅8千克左右。体形最大的是驼鹿，体重超过800千克，肩高2.5米多，可真是个大家伙！

生活区域

与驯鹿不同，马鹿生活在除南极洲以外的各个大陆。它曾被引入新西兰，不过却因为没有天敌而过度繁殖，最终遭人厌弃。

侧枝是鹿角的分叉，借助分叉的数目，我们就可以知道鹿的年龄

欧洲马鹿

还有呢

牛角跟人的指甲一样，由角蛋白组成。鹿角则不同，它由骨质成分组成。马鹿和驯鹿的角，每年都要脱落，来年会重新长出，所以鹿角是每年一换。

蓝鲸还是

纲：哺乳纲

亚目：须鲸亚目

科：鳁鲸科

体重：约150吨

体长：25~32米

寿命：可长达110年

声音：会“唱歌”，发出咕哝声、“嗡嗡”声

须鲸还是齿鲸？

鲸鱼分为两个大类。一类是口中有须的须鲸，如蓝鲸、座头鲸；一类是口中有齿的齿鲸，如抹香鲸、海豚及鼠海豚。齿鲸占鲸类的90%。

这两种海生哺乳动物都是鲸鱼！只不过一种是猎手，另一种不是！

体 形

蓝鲸因其纺锤形体形、扁平的头部，以及位于脊背后方的羊角状短小背鳍而易于辨认。

头

与抹香鲸方方正正的头部不同，蓝鲸的头又大又扁。它的喉咙部满是竖向排布的皮肤褶皱，这些褶皱能让口腔大幅扩张，以便吞下巨量海水。

开饭啦！

蓝鲸不会像抹香鲸那样去猎食，而只会借助鲸须过滤海水取食，每次可过滤上千升海水！它只以浮游生物和个头微小的磷虾为食，每天可吞食近4吨食物。

生活区域

蓝鲸分布于全世界各大海域。它是迁徙动物，夏季它会游到两极寒冷但食物充足的水域觅食，冬季则在热带和亚热带海域繁殖。

鲸 须

鲸须是一种角质须片，长在上颌上，起过滤海水的作用。鲸须长度接近1米，且数量惊人（260～400片）。

大 小

蓝鲸是世界上最大的动物，它比抹香鲸身长多出10多米，体重也相应地多出70来吨。

还有呢

蓝鲸1967年就被列入保护动物名单，不过有些国家还在继续猎杀它们……恐怕蓝鲸也正在走向灭绝。

抹香鲸？

纲：哺乳纲

亚目：齿鲸亚目

科：抹香鲸科

体重：35~80吨

体长：15~20米

寿命：约70年

声音：会“唱歌”，发出多变的“咔嗒”声

体形

因为吻部方正，抹香鲸看起来貌似比蓝鲸壮实，但其实它没有蓝鲸个头大。不过凭借20米的身长、70吨的体重，也足以称霸齿鲸家族了。

头

抹香鲸巨大的头部占整个身体的三分之一！它的吻部硕大、方正、向前突出，被称为吻突。

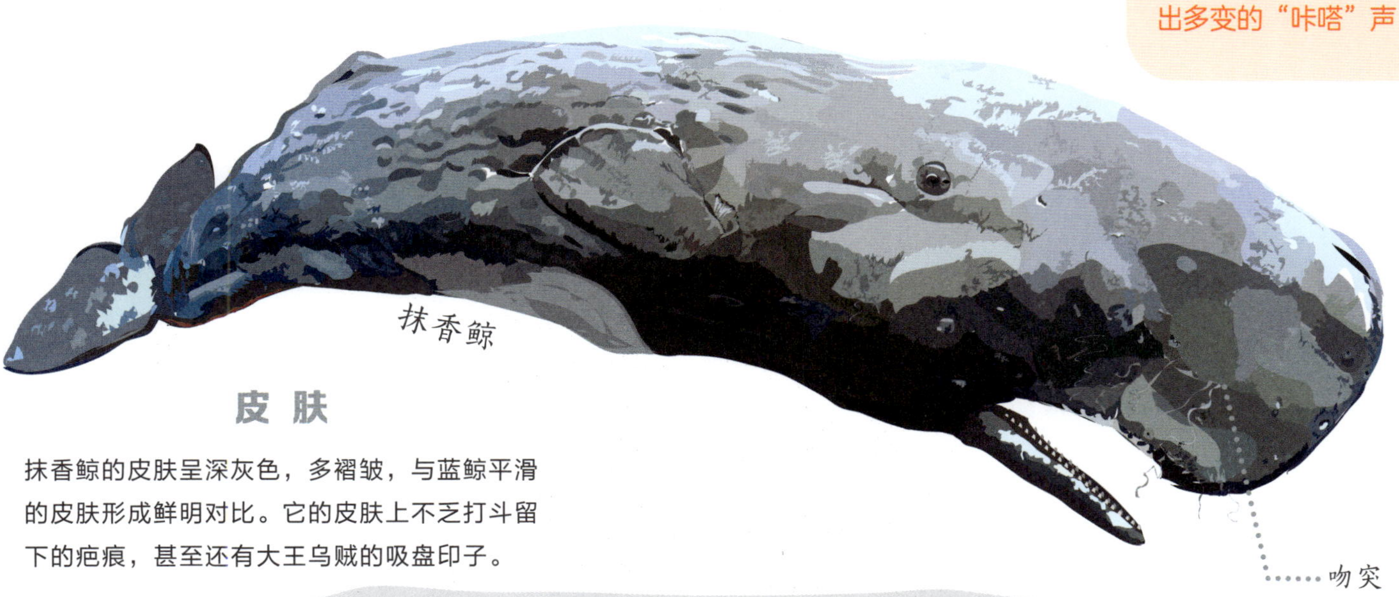

皮肤

抹香鲸的皮肤呈深灰色，多褶皱，与蓝鲸平滑的皮肤形成鲜明对比。它的皮肤上不乏打斗留下的疤痕，甚至还有大王乌贼的吸盘印子。

生活区域

抹香鲸通常生活在热带及亚热带地区的深水海域。不过雄性似乎也会在两极冷水海域徘徊探险。

牙齿

与蓝鲸不同，抹香鲸没有鲸须，它的下颌上长着50多颗牙齿！牙齿近20厘米长，每颗重约1千克，千万别被它咬哟！

吻突

吻突内包裹着一种叫作鲸蜡的液态脂质。抹香鲸之所以能毫不费力地潜水、浮水，靠的都是它。

开饭啦！

为了捕食头足类动物，这个杰出的潜水能手可潜入海底3000米处，为的就是能享受一顿乌贼大餐！有时候它也会吃鱼、鲨鱼和海豹。它每天需要食物将近2吨。

燕子

纲：鸟纲
目：雀形目
科：燕科

体重：15~25克
体长：12~19厘米
翼展：30~35厘米
寿命：2~4年
叫声：叽叽喳喳叫，或低声呢喃

它们常常在空中结队出现，
捕食昆虫，大快朵颐，
虽然看起来很像，
但实际上它们属于不同的科。

体形

燕子身形与雨燕酷似，只是偏小些。另外，它尾巴的剪刀状比雨燕更明显。

开饭啦！

燕子是捕食昆虫的，它在飞行中觅食，可在墙面上、植被中以及水面上觅食。

翅膀

这两类鸟在空中飞行时更容易辨别。飞行时，燕子长长的翅膀展开呈羊角面包形，而雨燕的翅膀则类似镰刀。它们都在飞行中捕食昆虫。

腿

燕子的腿短，脚力也差，尽管可以在高处栖息、行走，步伐却拖拖拉拉。人们经常能见到准备迁徙的燕子成排地停落在电线上。

迁徙

燕子会长距离迁徙。生活在寒冷地区的燕子会飞越几千千米，到食物充沛的温暖地带过冬，我们称其为候鸟。有些生活在热带地区的燕子则不会随季节迁徙，我们称之为留鸟。

生活区域

根据种类不同，燕子的栖息地有悬崖（它们在悬崖上挖洞）、建筑物、树洞、溶洞等。在大部分大陆上，如欧洲、亚洲、美洲、非洲，我们都能见到它们的踪影。

还是雨燕？

纲：鸟纲
目：雨燕目
科：雨燕科
体重：38~45克
体长：12~25厘米
翼展：45~48厘米
寿命：可长达20年
叫声：叫声尖锐

体形

雨燕外形与燕子很像。让我们辨认出雨燕的，是它那尖锐的叫声；而燕子的叫声则相对低调，它们只会呢喃燕语。

生活区域

雨燕是空中健儿，天空就是它的领地。从欧洲到美洲，除了两极地区、智利、阿根廷以南，以及澳大利亚大部分区域以外，雨燕的生活区域可谓是覆盖全球。普通楼燕尤其喜欢居住在城里和乡下，是最常见的雨燕。

开饭啦！

雨燕可在海拔1000米高的空中边飞边捕食昆虫。

不可不知

普通楼燕几乎会在空中度过一生，它可以在飞行中进食、交配、睡觉！不过筑巢时，它还是会“接接地气”的。

翅膀

雨燕的翅膀特别细长，向后拱起，形似回旋镖或者镰刀；而燕子的翅膀则偏小，展开角度也较小。

腿

雨燕的腿比燕子的还短。它的爪子尖锐，刚好能抓住竖直平面。知道吗？停落在水平面上的雨燕是飞不起来的。

还有呢

雨燕的外形就是为速度和空中特技而生的。褐背针尾雨燕和白喉针尾雨燕的飞行速度可达300千米/时。

海豹还是

纲：哺乳纲
科：海豹科

体重：120~4000千克
体长：1.2~6米
寿命：约30年
叫声：会“咩咩”叫、低声嚎叫或大声咆哮

体形

海豹科的海生哺乳动物体形似鱼雷，与海狮酷似；但它比海狮大，脖子相对较短。在地上时，海豹总是全身舒展铺在地上，而海狮则会挺起身体。

生活区域

这个海洋猎手喜欢冷水海域，尤其是两极地区的海豹。不过呢，也有一些种类会频繁出入热带或温带海域，比如生活在夏威夷和加勒比海的僧海豹。

耳朵

终于要讲到这两类哺乳动物的一大区别——耳朵了！海豹的耳朵不可见，因为它没有耳郭。

不可不知

象海豹是世界上最大的海豹。它体重可达4吨，身长可达6米！雄性象海豹首领长着喇叭状的特大号鼻子，这也是象海豹这一名字的来历。它爱好长途旅行，从南大洋到南极洲都可见它的踪影。

灰海豹

灰海豹的四肢不足以支撑它直立

四肢

与海狮不同，海豹的前后肢都带有爪子，但其作用也仅限于帮助游泳。由于不能将后肢弯曲折叠，它无法支撑身体站立或者在陆地上行走。拗不过天命，只能爬行了。

鳍足类

鳍足类身体呈纺锤形，鳍足由腿演变而来。它们是海生食肉哺乳动物，属于大型捕食者。鳍足类约有30多种，其中包括象海豹。虽然海豹在陆地上略显笨拙，但一到水里就身手敏捷。潜水冠军得主是威德尔氏海豹，它能轻松潜入水下500米。

开饭啦！

海豹酷爱吃鱼，不过偶尔也会吃一点虾或者个头微小的磷虾。一些海豹，比如豹形海豹，甚至会吞食企鹅。

海狮？

体形

海狮比海豹姿态优雅，尤其是在地面上闲庭信步时，它脖子长长的，上身几乎挺直。虽然海狮科中最大的代表北海狮身长有3米，体重近1吨，但总体来说，海狮要比海豹小。

这两种鳍足类中，
有一种在马戏团里表演顶皮球。
是哪个呢？

纲：哺乳纲
科：海狮科

体重：60~1000千克
体长：1.5~3米
寿命：18~25年
叫声：会“咩咩”叫、低声嚎叫或大声咆哮

四肢

海狮游泳靠的是类似两个大蹼的前肢，它的两条后肢连在一起，像条尾巴。不过与海豹不同的是，海狮的后肢可以折叠，也正因此，它能够直立起来，行动也更加灵活。

开饭啦！

海狮是吃鱼的，它也吃鱿鱼和其他无脊椎动物，有些种类甚至会在水下捕食企鹅。它每天能消耗相当于自身体重4倍的食物！

还有呢

海狮和海豹是大型食肉动物（如鲨鱼、北极熊以及某些齿鲸）的猎物。

耳朵

海豹耳朵不可见，海狮则长着小巧漂亮的外耳。而且，海狮一词源于拉丁语“otarion”，意为小耳朵！此外，海狮吻部突出。

生活区域

除北大西洋外，海狮生活在世界各地的海域里，共有15种之多。某些海狮还被引入马戏团，给孩子们带去欢乐。

还有呢

从18世纪至20世纪，海狮科哺乳动物北方海狗一直因其厚厚的皮毛而被人猎杀，这一商业行为目前已被禁止。

河狸还是

纲：哺乳纲

目：啮齿目

科：河狸科

体重：15~35千克

体长：80~130厘米（含尾巴）

寿命：10~15年

堤坝

与仅仅在河岸打洞的海狸鼠不同，河狸是个河坝建筑师，可建造规模巨大的水坝。

它靠大门牙来砍伐树木，将树枝、草团、石块和泥巴堆积起来，建成既密闭又坚固的水坝。

这两种大型啮齿类动物，一个是建筑大师，另一个则是地下通道王者。

体形

不论是生活在北美还是欧洲的河狸，都比海狸鼠重，体形也相对较大。它同时也是欧洲大陆最大的啮齿类动物。

生活区域

虽然这两种啮齿类动物都生活在水边，但它们的习性却截然不同！河狸在水里比在陆地上更自在逍遥。在欧洲、中国和北美某些地区，总能在树木环绕的河岸见到河狸。

尾巴

这两种半水栖啮齿类动物的一大差别在尾巴上！河狸的尾巴又大又扁像片桨，长度可达40厘米。它的尾巴无毛，有角质鳞片，能起助推和掌控方向的作用。

还有呢

几个世纪以来，河狸一直因其肉质和皮毛而被猎杀。今日，河狸在全世界多个地区已被列为保护动物。每当河狸再次现身，被破坏的生态系统都能重建。

开饭啦！

河狸是植食性的，它爱吃嫩柳树和杨树的皮、叶子、枝杈和树根。它能在自己建立的水下通道中储存80立方米的食物，足够养活一大家子！

海狸鼠？

体形

海狸鼠身形与河狸几乎一模一样，只是略小。它们的差别在尾巴上。海狸鼠擅长游泳，样子与麝（shè）鼠也很相似。

尾巴

河狸的尾巴有多扁多大，海狸鼠的就有多长多细。不过，它们的尾巴都有鳞片。海狸鼠这种原生于热带地区的啮齿类动物不耐寒冷：一旦尾巴被冻住，它就会死亡。

纲：哺乳纲
目：啮齿目
科：海狸鼠科

体重：5~9千克
体长：65~100厘米(含尾巴)
寿命：大约5年

河狸科还是海狸鼠科？

河狸科包含两个种：北美河狸和河狸。而海狸鼠科下仅有海狸鼠一种。

生活区域

海狸鼠原生于南美洲的沼泽地带，现生活于美国西部、欧洲等地区。它在僻静的沼泽、湖泊以及河流附近安家筑巢。说起在河岸上打洞挖穴，它是当之无愧的冠军。

开饭啦！

海狸鼠主要以水生植物，岸边植物的根茎、枝叶，以及玉米和麦子等谷物为食。不过如果有淡水蚌类，它也来者不拒。

还有呢

在某些地区，如法国和美国，海狸鼠并不受欢迎，而是被当作有害动物。它们将河岸毁得支离破碎，还偷盗农田里的谷物，经常“犯错误”。

门：软体动物门
纲：头足纲
目：八腕目

体重：8~180千克
体长：25~900厘米
寿命：0.5~3年

章鱼还是

身体

与鱿鱼不同，章鱼没有骨架，看上去软塌塌的。那所谓的长着大鼻子的头，其实是外套膜，里面包裹着各种生命器官。

体形

章鱼比鱿鱼看起来更圆更柔软。它有“胳膊”或者说是触手，环绕分布在体侧。

头足类

头足类在希腊语中的意思是：脚长在头上。确实如此，这类软体动物一眼看上去就只能看到软塌塌的头架在腿上。

生活区域

章鱼很宅，喜欢独居。热带、温带地区深海底部岩石里的一个孔洞，就足以做它的小窝了。

触手

章鱼通常有8条“胳膊”，并且大小都一致。与鱿鱼不同，章鱼的触手上并排着两列吸盘，吸盘起触觉和味觉作用。

开饭啦！

不管是螃蟹、龙虾、螯虾还是各种软体动物，章鱼都来者不拒，吃得津津有味。正因如此，它的体重每3个月就能翻一倍。

还有呢

八爪鱼和章鱼有什么区别吗？没有啦，它们指的是同一种动物。

鱿鱼？

门：软体动物门
纲：头足纲
目：十腕目
体重：0.1~350千克
体长：0.6~20米
寿命：1~3年

这两种喷墨头足动物的区别隐藏在外套膜之下……

体形

鱿鱼的外形跟章鱼的差异很大。它身体细长，几乎是圆柱形的，看起来更符合流体力学规律。

开饭啦！

鱿鱼最爱的美食有鱼、甲壳动物和软体动物。体形小的鱿鱼则以浮游动物为食。

触手

章鱼有8条“胳膊”，鱿鱼的更多！除了8条几乎等长的触手（吸盘触手），鱿鱼还有2条更长的特化触手（触腕）。

身体

因为体内有一种薄而透明、像骨骼一样的内壳，鱿鱼能支撑长长的身躯，身体比章鱼坚实。

机灵鬼！

章鱼和鱿鱼都有墨袋，不过不是用来写字的，而是用来逃跑的。将黑色的墨汁小股推出，然后它们就能在这团黑色墨汁的掩护下逃之夭夭。

庞然大物

人们不止一次发现搁浅在海滩上的长20多米、体重近350千克的大王鱿鱼！我们也曾在抹香鲸胃里发现过巨大的触手，科学家们猜想触手的主人很可能是一种身长近50米的巨型鱿鱼。

生活区域

鱿鱼生活在深海里，比章鱼胆子大，常大规模迁移。

还有呢

枪乌贼和鱿鱼有什么区别吗？没有，它们指的都是十腕目的头足动物。

蝰（kuí）蛇

纲：爬行纲
科：蝰蛇科

体重：60~5000克
体长：50~200厘米
寿命：6~15年
叫声：会发出“咝咝”声

头

俯视蝰蛇头部的话，我们会发现它的头为突出的三角形，与身体分界鲜明；而游蛇的头更圆，与身体浑然一体。蝰蛇的眼睛和嘴之间有2或3排鳞片，吻部向上翻。

体形

通常来说，蝰蛇比游蛇粗壮，尾巴也更短。蝰蛇科通常比游蛇科（锦蛇所在科）短。

毒液

蝰蛇是毒蛇，对包括人类在内的很多物种都构成威胁。

还有呢

加蓬蝰蛇是非洲蝰蛇中体形最大的，长将近2米；它也是最重的，体重可达8千克！同时，它的毒牙是毒蛇中最长的，长达5厘米！

眼睛

这两类蛇也可以靠眼睛来区分。蝰蛇的瞳孔像是竖直的缝隙，而游蛇的瞳孔则是圆的！

生活区域

蝰蛇科主要生活在非洲、欧洲和亚洲，而游蛇科则几乎征服了各个大陆。

毒牙

与游蛇不同，蝰蛇具有可怕的毒牙！毒牙位于上颌前端，与毒腺直接相通。嘴巴合上时，毒牙向后倾斜。撕咬时，伴随着嘴部张开，毒牙向前翻起，因此刺穿时会像针头一样有力。

还有呢

“毒舌”一词指说话恶毒或者一针见血的人。

还是游蛇？

纲：爬行纲

科：游蛇科

体重：100~2500克

体长：20~300厘米

寿命：10~15年

叫声：会发出“咝咝”声

体形

游蛇通常比蝰蛇长，也更加苗条。这类蛇长得很漂亮，尾巴朝末端渐细。

想要区分这两种蛇，一定要认真观察，但更要注意安全！从照片上看看就可以了！

生活区域

游蛇几乎遍布各大洲，南极洲除外！不管是在陆地还是水里，我们都能见到它。

头

游蛇的头部沿身体方向稍稍变宽，头上覆盖有大块的鳞板，看起来像戴着头盔。

毒液

与蝰蛇不同，游蛇通常是无毒的。在欧洲，只有3种有毒，不过它们并没有蝰蛇那样的毒牙，不能在咬伤的同时注入毒液。

眼睛

游蛇的瞳孔是圆形的，不过并不绝对，也有几个特例。比如普通食蛞蝓蛇，它的瞳孔就跟蝰蛇的很像！

好个戏精！

水游蛇感受到威胁时，会喷出一种令人作呕的液体，演戏装死！它会挺直身体，一动不动，口部大张，作死亡状。捕食者就会真的以为它已经死了好几天了，转身离开。